KB075481

이렇게 한심한 시절의 아침에

이렇게 한심한 시절의 아침에

백무산 시집

창비

차
례

제1부

제2부

제 1 부

외상 장부

인간이 처음 문자를 만들면서 한 일은
하늘의 음성을 받아 적은 것도
지모신에게 올리는 기도문도
사랑의 기쁨을 노래한 시도 아니다
곡물 수확량을 조사한 세금 장부였다

사실, 글이 어두운 시대에 한 동네의 최초
기록은 주막집의 외상 장부 아닌가

힘 있는 인간들 우리가 발 뻗고 사는 꼴을 못 봐
세금 뜯어낼 온갖 지혜를 다 짜내었고
주막집 주모는 외상으로 먹은 자의
용모와 금액을 그려두어야 했다
인간에게 문자가 필요했던 것은 태어나면서 우리가
이 땅에 역사에 외상을 먹었기 때문일 터이다

그러기에 모든 책은 외상 장부 같다
내게 뭔가를 전해주려는 것이 아니라
언제 갚을 거냐고 묻고 있다

사랑의 이야기도 혁명의 기록도
내게서 뭔가를 받아내려고 한다
지난 것 같지 않으면 더는 외상을 주지 않을 것 같다

그 외상 장부가 말의 가락을 담아내었을 때
나는 비로소 그곳에 거주하기 시작했다

회령

북한 지명이라고는 원산이나 평양 정도만
알던 어린 날에 귀에 익은 지명이 회령이다
그곳엔 두만강 나루터가 있었다고 했다

지도책을 펴놓고 회령을 찾아내었지만
아무것도 떠올리지 못했다 작은 마을과
허허벌판 그리고 얼어붙은 강

나는 모든 게 그 탓이라고 생각했다
열여덟살 아버지가
그때 두만강을 건너지 못한 탓이라고
회령 나루터에서 일경에 체포되면서

아버지보다 내가 더 안타까웠던 것이다
그 강을 건너기만 했더라면 그처럼
폐허가 되지는 않았을 테니까
나는 폐허의 젖을 빨지는 않았을 테니까

나는 연변에 가서 회령이 건너다보이는

아버지가 못 건넌 그 강가에 가보고 싶었으나
도문 나루터에서 회령 가는 강물만 바라보다 왔는데

나 열다섯에 앞강을 건넜다가 다시
돌아오고 말았던 일을 두고두고 후회했는데
그곳에서 얼마나 많은 것이 멈춰버렸던가

그 멈춰버린 것들이 물에 비치며 흘러가네
그 전설의 두만강이 고향 강만 같은데
저 강 언제 건너려나

통일이 가로막아

아흔둘 어머니는 칠순의 아들
손을 잡고 부서진 얼굴로 운다

오마니 잘 가시라요,
육십여년 만에 만나 다시 기약 없는 이별에

통일돼서 만나자,
놓친 아이 하루 만에 또 놓치며
슬픔도 말라 타들어가는데

분단이 갈라놓고
통일이 가로막아

통일이 철조망이다

이유

신은 주방에 있다는 세간의 말은
대체로 사실일 것이다
곡식이 익는 들판에 있을 거라는
생각보다 훨씬 현실적이다

축복이라면 우선 배를 채우는 일이므로
혀끝의 욕구를 은혜롭게 하는 일이므로
다른 생명들을 제물로 사용할
권리를 확인하는 일이므로

배를 가르고 피가 튀고 뼈를 꺾고
난도질을 하고 산 채로 기름 솥에 던져넣고
고소한 냄새가 영혼을 저 높은 곳으로 고양시키고

주방에서 이루어진 것과 같이
땅에서도 이루어지느라고
우리는 견디고 또 견디어야 하는 일들이
축복만큼 나날이 풀려나고

눈이 부셔

사람들 붐비는 여행지에 가면
분주한 인파 속 어딘가에 그들이 있다

엄마 품에 안겨 온 아이
눈이 부셔 자꾸만 엄마 가슴 파고드는
첫나들이 나온 아이

중년의 자식들 부축을 받고 온 사람
눈이 부셔 자꾸만 눈이 감기는 사람
가다 쉬고 가다 숨 고르며
마지막 여행을 나온 사람

아직 늙지 않은 사람
헐거운 몸을 입고 혼자 온 사람
왁자한 사람들 뒤편에서 조용히 글썽이는 사람
눈이 부셔 자꾸만 눈이 부셔
그날 그 아름다웠던 풍경 한장은
꼭 가지고 떠나고 싶었던 사람
마지막 외출을 나온 사람

사람들 붐비는 여행지에 가면 나는 자주
여행이 눈이 부셔 사람만 보고 오네

사막의 소년 병사

모래 먼지 덮인 흙구덩이는
핏물을 빨아들일 수 없을 만큼 메말랐다

원수의 머리가 두건 속에서 떨어지고
용암처럼 총구에서 울컥울컥 불을 토해내고

구덩이를 묻고 열살 남짓 소년 병사들
아직 반동으로 불끈거리는 총을 메고
담배를 물고 흘끗 뒤돌아보더니
무너진 건물 뒤로 사라졌다

그 소년들 훗날
총성이 멈추고 성인이 되고
물기를 빨아들일 수 없을 만큼 메마른 땅에도 꽃은 피고

그리고 세월은 흐르고
세상은 시시콜콜해지고 삶은 혼란스럽고
민주주의는 질척질척하고 가진 자들은 야비하고
권력은 추악하고

칼로 도려내고 싶었던 그 기억이
피를 얼리던 그 기억이
안간힘을 다해 지워버리려고 했던
그 더러운 전쟁의 참혹했던 기억이
갑자기 그리워질지도 모른다
피를 끓게 할지도 모른다
그리운 추억처럼

히말라야에서

죄 없는 자들일수록 더 많이 참회하고
적게 먹는 자들이 더 많이 감사하고
타락하지 않은 자들이 더 많이 뉘우치고
힘들여 사는 자들일수록 고행의 순례길을 떠나고
적게 살생한 자들이 더 많이 속죄한다는

사실을 깨닫게 되었지만
그것이 나에게 아무런 감동을 주지 못했다

그러한 감사와 참회가 낡아빠진 문화라는 사실 때문에
그리하여 내가 사는 곳에 감사와 참회 따위가
입에 오르는 일이 사라지고 있기 때문에

우리는 오래전에 낡은 체제를 혁명하고
또 혁명에 혁명을 거듭했기 때문에
더 혁명할 것이 없을 즈음에
마침내 어떤 진리에 이르렀기 때문에

많이 먹고 많이 가질수록 죄가 줄어든다는,

늑대를 기다리는 시간

문득 먼 초원을 달려와 지우개처럼 나를 박박
문질러버리는 저 바람은

어떤 마적떼의 혼령인지
아니면 어떤 막강한 이념인지
매번 사소한 모래 알갱이들이 들고일어나
바닥을 뒤집어엎어버리고

먼지 가라앉은 벌판
눈을 뜨고 보면
손에는 빈 고삐만 쥐어져 있고

또 이렇게 나는 허허벌판에서 늑대를 기다리고

기억의 주형

화산재에 뒤덮여 도시는 거대한 무덤이 되어
기억에서도 사라졌다
폼페이가 지상에서 사라진 뒤
천오백년도 더 지난 어느날
사람들이 굳은 화산재를 파내려갔다

화산재 속에 여기저기 알 수 없는
의문의 허공이 뚫려 있었다
그곳에 석고를 부어 주형을 뜨고 보니
뒤틀린 고통들이 재현되었다

내게도 최후의 날이 있었다
그대가 떠난 이후 모든 것이 부재의 흙더미에 파묻히고
시간의 더께에 남겨진 수많은 허공에서
온갖 기억의 주형이 슬픔을 재현해왔는데

그동안 나는 어찌할 바를 몰라
내 몸을 밀어넣고 있었다
어떤 수단도 찾지 못했다

시간과 강요된 망각과 말살의 힘과
역사가 지워버린 허공에 흘려넣어야 할 것은
참을 수 없는 내 몸밖에 그 무엇도 찾지 못했다

축의 시간

굵은 비 쏟아지는 산길
키 낮은 병꽃나무에 튼 둥지에서
새 한마리
알을 품고 있다 억수같이 퍼부어대는 비를 다 맞고

날개 지붕을 펴 둥지를 덮고
떨고 있다 쏟아지는 것은 쏟아지라고

알은 해석으로 풀려나올 수 없다
어떤 문법으로도 풀려나올 수 없다
어떤 언어로도 깨어나게 할 수 없다
품을 수밖에 없다

시작과 끝이 맞물린 알
시제가 없는 알

지금은 축의 시간
주둥이가 막힌 병
거센 물살 가운데 정지한 나무

꼭지가 막 떨어진 사과의 시간

지금은 오직 전체를 기울여야 할 때
시간은 수컷처럼 둥지 밖에서
초조하게 서성일 뿐

인간 형성

매번 다른 사람이 오는데 그 사람이 그 사람 같다
몸가짐이 거침없고 말이 시원시원하다
똥 푸러 오는 사람들 속이 훤히 다 보일 것 같다

종일 남의 집 똥구덩이에 고개를 박고
얼굴에 입술에 똥물 바르고 그 돈 벌어 밥 먹고
애들 학교 보내고 마누라 화장품도 사주고 조상 제사도
모시고
아무나 하는 일 아니다 속이 컴컴한 자들
근기 모자라는 자들은 근처에도 못 가는 일이다

꽃을 노래하고 별을 우러르고
영롱한 이슬을 글에 담는 사람들더러
영혼이 맑은 사람인 것 같아요 누군가 감동하자
그 영혼들이 우쭐대지만 속사정은 개뿔이다

속에 구정물이 가득해서 이슬을 찾고
당장 숨이 차고 혼미해서 꽃을 찾고
인간성이 시궁창이라서 향기를 찾고

영혼이 누더기라서 별로 기워야 했을 것
아니면 오염되기 쉬운 선천적 기형이라서
별과 이슬을 복용해야 하거나

인간이 제 손으로 똥 푸는 일이 없어지고
자기가 싸놓고 제 것이 아닌 양
혐오하고 누군가에게 떠넘기는 고상한 습성을
동물과 유일하게 구별되는 습성을
우리는 인간성이라고 부른다

오 프로

여태 내가 표를 준 사람 가운데
대통령이 된 인간 한 사람도 없습니다
내가 찍은 사람 가운데
국회의원 시장 군수 구청장 된 인간
단 한명도 없습니다
내가 지지한 대통령 후보 가운데
득표율 오 프로 넘은 인간 아무도 없습니다
그래도 투표장에 어쩌다 가긴 합니다만

그날은 개들을 돌보느라고

나도 하위 오 프로에는 드는 사람이라서

교차 신호등

삼십년지기 먼 길 배웅하고 돌아오던 밤길 지방도

마을도 교차로도 없는데 문득 켜지는 신호등 하나

너는 저만큼 가버리고 나는 어둠에 지워져 있고

길은 차갑게 식어 있고 따라오는 신호등 하나

낯선 길인 양 낯익은 길 오래되었으나 처음 들어선 길

나도 모르게 들어선 길 위에 둥근 달 신호등 하나

인월장에서

지리산 인월장에서 한 여인과 마주쳤을 때
나는 한마리 염소를 들켜버린 것 같았네

볕에 그을린 마른 얼굴 진한 검정의 억센 머리칼
꼿꼿한 몸매에 낡고 검은 옷

가시 같은 감각을 뿜어내는 회색 눈동자
길고 검은 손 여기저기 꿰맨 등짐 가방

여인이 내 앞을 지나갈 때
흙냄새와 땀 냄새 그리고 건초 냄새
발효된 곡물 냄새가 한꺼번에 끼쳐왔고

그 여인이 고개를 돌려 나를 보았을 때
내가 서 있는 곳은 바람 부는 억새 언덕이었네

그 눈빛에 나는 그저 한마리 염소였네

나는 온통 가시덤불 속에 갇혔네

제 2 부

잘 가셨는지요

죽은 자가 따라다니는 시절이 되었는지
또 날아온 부고는
믿기지 않았다 얼마 전 저녁을 함께 했던 사람이다
전화기를 접지 않고
그의 온기를 느껴보려고 그가 보낸 메시지를 뒤져보니
아직 체온이 남아 있었다
"잘 가셨는지요. 아쉬웠습니다. 그리고 죄송했어요."

떠난 사람이 나였다는 듯이
그는 그곳에 있고 내가 멀리 가버렸다는 듯이
내 뒷모습에서 떠나는 자의 쓸쓸함을 읽었다는 듯이

살아 있다는 것이 되레 어디론가 떠나가고 있다는 듯이
수많은 죽음을 맞이하는 일과
수많은 자신의 죽음을 겪는 일로

눈물은 죽은 자가 흘린다
죽은 자의 혼은 언제나 산 사람을 붙들고 운다
두고 가는 발걸음 떨어지지 않아

산 사람이 가엾고 불쌍해서 펑펑 운다
죽은 자에게 애도를 받으러 가는 길이다

무무소유

굶주리는 사람이 건강 단식을 어떻게 이해하나
없는 사람이 무소유를 어떻게 이해하나

잃을 것 없는 사람은 아무도 없지
잃을 것은 사슬뿐인 사람들은
자유를 위해 분연히 떨쳐 일어날 거라지만
그들도 잃을 것이 한두가지가 아니지
가진 것 아무것도 없는 거지는 동냥 구역을 잃을 게 있지
없을수록 집착할 수밖에

거액의 자산가가 방송에 나와 무소유의 자유로움에 대해
진지한 표정으로 말할 때 그건 분명 진심이었을 거다
무소유의 청빈함을 제대로 글로 쓰는 작가는 좀 살 만한
자다
어디 가나 밥과 집이 넉넉한 스님이라야
무소유를 제대로 설법할 수 있다

무소유는 가진 뒤의 자유다
무소유는 소유라는 단어가 있은 뒤 조합된 낱말이다

다 내려놓은 사람의 무소유는 이미 그 낱말이 아니다

가진 것이 넉넉해야 무소유를 맘껏 가질 수 있다

조문

죽은 자에게 바칠 꽃을 들고 서 있는데
벌이 날아와 앉네

꽃은 이곳과 저 너머 사이에 피어
단절의 아픔에 위안을 주고

남은 자들은 인연의 안타까움을
향기로 이어보려는데

꽃은 다만 자신의 생리를 다해
절정의 가쁜 빛깔을 토해내고

나는 앞에 선 여인의 진한 머릿결
향기에 발을 헛디디고

저 개새끼 때문에 내가 왜 우냐고
퍼질러 앉아 펑펑 우는 검은 상복의 여자

벌은 하루치의 삶에 몰두해 있고

죽은 자 앞에서 나는 벌겋게 삶에 취해 있고

세워진 길

꼬리를 문 차량들의 질주
한걸음도 들여놓을 수 없던 난폭한 길에서

누군가 손을 들었고 누군가는 몸을 던졌고
몸과 몸의 사슬이 쳐지고

속도가 거칠게 투우처럼 피 흘리며
바닥을 긁었고
길이 엎질러졌을 때
길은 수직으로 세워져 있었음이 드러났다

달리던 것은 실은 속도가 아니라
정지된 사슬이었다
바리케이드가 원하는 것은 길을 멈추는 것이 아니라
난폭한 선과 질주의 체제
세워진 길을 눕히는 것이었다

세워진 길 위로 달릴 수도 흘러갈 수도 없었다
그래서 눕혀진 길 위에 광장이 일어났다

그러나 힘 있는 자들의 광장은 다시 세워진 길이다

그때가 좋았지

깎은 네 머리는 누가 강제로 밀어버린 것만 같다
그 시절이 그래도 좋았지 않았느냐고
휠체어에 앉아 뒤를 올려다보는
제발 좋았다고 말 좀 해줘 애원하는 네 눈동자는
끓는 물에 데쳐버린 듯 고름이 차 있다

벌건 대낮에 거리를 걸어본 기억도 제대로 없고
외출복인 작업복에 기름때 페인트 얼룩
가져본 일 없고 어디 따듯한 불빛 아래 여자
아이들과 편한 저녁을 먹어본 적도 없었던 시절을
아련하게 그려보다니 그걸 추억이라고

그럴지도 모르지 그렇다고 해두자
그땐 아프지 않았으니까
그땐 우리 근육이 강철이었으니까
철야를 하고도 축구 풀게임을 뛰었으니까
사막으로 가는 배들이 기다리고 있었으니까
고통도 자학적인 쾌락이었으니까

우리 살아온 날들 그래도 꽤 괜찮았어
맞아 그땐 분명히 그랬어
그땐 이처럼 버려지진 않았으니까
그땐 이처럼 쓰레기는 아니었으니까

수의

다락에서 먼지투성이 가방 하나 찾아내었네
그러나 어디서 얽혔는지 별 기억이 없네
먼지 털어낸 가방 속에 잘 개켜둔 옷 한벌
마치 무덤 속 관 뚜껑을 열어본 듯

팔꿈치는 꽤 낡아 있고 유행이 많이 지났지만
내 옷이란 기억밖에 없다
이리저리 뒤적여보지만
언제였는지 어떻게 입은 옷이었는지

어느 한때의 몸을 한껏 꾸미고
그 시절을 걸었을 것인데
두근거리던 시간 위를 걷고
실의의 추운 밤길을 헤매기도 했을 것인데
땀과 눈물을 적시고 어떤 절정에 몸을 떨며
소중한 사람을 안아보기도 했을 것인데

조금씩 아주 조금씩만 기억이 풀려나오지만
분명한 한때를 삶의 절정이던 한 시절을

나의 모든 것이었을 그 시간에
누추함을 감추고 한껏 품위를 입혔을 것인데

가방 속 지워진 그 시절을
몸은 사라지고 수의만 남은 관 속을 들여다보듯
떠나보냈구나 이 옷을 입혀서 그 시절의 나를
모든 옷이 수의였구나
나를 떠나보내면서 입혔던 수의였구나

과잉 풍경

새의 비상으로 자유를 설명할 수 있으나
자유를 숨 쉴 수는 없네

우리가 자유롭지 못했던 건
중력이 우리를 놓아주지 않아서가 아니라
우리를 배제하는 힘들이
오히려 우리를 땅에서 떼어놓았기 때문이네

나는 높은 꼭대기에 올라 트인 풍경을 갈망했으나
그때마다 느끼는 답답함의 정체를 알 수 없었다네
항공 영상이 화면에 이어지면 그 시원한 풍경이
쉽게 따분해지는 이유를 알지 못했다네

그림자가 스며들지 않는 풍경들
흙냄새를 품지 않는 풍경들
나무의 그늘과 풀을 밟고 있지 않는 풍경들
함께 걸어가는 사람이 없는 풍경들
배제된 자는 하늘을 나는 새가 지겹다네
쫓겨난 자는 구름의 자유가 불안하다네

나는 날갯짓을 그만두고 땅에서 살기로 한 새들을
퇴화된 것들이라고 욕하지 않기로 했네

소를 끌고

눈 덮인 낮은 집이 저 너머에 있다
사방 길은 지워지고 따뜻한 섬 같은 집
감나무 한그루가 돛대처럼 지키고 있는 집
저녁연기가 목화솜처럼 깔리던 집

아궁이 곁불에 닭들이 졸고
아랫목에서 메주가 뜨고
설은 다가오고 까치는 마당에 내려와 놀고
들판을 달려온 바람이 몸을 녹이다 가고

장독간 가는 길에 눈을 쓸고 김치를 내오고
볼이 튼 아이는 눈밭에서 뛰놀고
입김 불어 손을 녹이며 아낙은
소 없는 외양간 아궁이에 소죽을 쑤고

산 너머에서 누군가 부르는 소리 밤새 들리고
길을 재촉하는 부엉이 먼 산에서 울고

나는 아직도 희미한 그 집에 가고 있다

흙과 짐승과 나무가 주인인 집에
이랴이랴 소 한마리 끌고 돌아가는 중이다

갈수록 멀어지는 그 사람들 그 집에
내가 살던 집도 아닌 그 집에
이상한 일이다
수십년 동안 나는 돌아가는 중이다

겨울비

겨울비 천장에서 떨어진다
거실 바닥 흥건하다
보일러 배관은 얼어 부풀었다 그래도
바닥이 편하다 모든 바닥은 따뜻하다
노동이 빠져나간 몸은 퇴적암이다
어쩌라는 거냐 문자메시지는 아침부터 부고다

세면실 거울에는 오랜만에 보는 얼굴이다
지디피 삼백불 밤 완행열차를 타고
볼 터진 운동화 한켤레로 열여덟에 떠난 공단
거울 속에는 내가 아닌 늙은 아버지가 있다

양치질할 때면 한번씩 가슴에 이는 불덩이는
쌓인 쇳가루와 시너 가스와 최루탄 연기 뒤집어지나
빈손과 상처투성이 그리고 툰드라
그래도 살아남았으니 고맙고 부끄럽다

현관문을 나서는데 전화벨이 울린다
올 필요 없답니다 민주화가 되었답니다

민주화되었으니 흔들지 말랍니다
민주 정부 되었으니 전화하지 말랍니다
민주화되었으니 개소리하지 말랍니다

이렇게 한심한 시절의 아침에 겨울비 온다
어깨에 머리에 찬비 내린다 배가 고파온다
이제 나도 저기 젖은 겨울나무와 함께 가야 할 곳이 있다

무게

시내버스에 앉아 졸고 있으려니
차가 기우뚱 쏠리면서 서서 졸던
살찐 사람의 무게가 사정없이 내 가슴을 밀어붙인다
그 당황한 무게의 여운이 얼룩처럼
몸에 남는다 연민처럼 번진다

모든 절박한 것은 무게다
슬픔의 모든 것은 무게에서 배어나온다
견디기만 해왔던 무게
들어내려고만 해왔던 그 무게에서

언제나 허덕여온 무게
벗어버리고 싶던 짐짝
초월을 꿈꾸던 중력
나의 배후에 수줍게 실려 있던 그 무게

그런데 이렇게 쾌활한 무게라니
묵직하게 실리는 무게의 실감이여
긍정적인 무게라니

나를 덜어내는 무게라니

그들 등쌀에

데크 아래에 떠돌이 개가
새끼를 다섯마리 낳아놓았다
풀밭이던 마당이 먼지 날리는 황무지가 되었다
사람들 떠나 외진 마을 적막하던 집이 우범지대가 되었다
지나는 길에 볕바라기하던 뱀들도 다람쥐들도
다 쫓겨났다 씨름판에 격투기장이 되었다
굴뚝 그늘에 자리 잡았던 도깨비들도
에이 더러워 짐을 싸서 떠났다
빨래를 걸레로 만들고 신발마다 외짝으로 만들고
밤마다 산에서 내려온 야생들과 피 흘리는 의식을 치렀다
이상하게도 고요히 뜬 달만이
그 소란스러운 것들과 거짓말처럼 잘 어울려 놀았다

그들도 질서를 위해 최선을 다해 소란했다
그들도 슬퍼하는 날이 있었다 까닭 없이
슬퍼서 바닥에 머리를 박고 큭큭 우는 날도 있었다

나는 그 등쌀에 그들 앞잡이가 되었다
동네 사람들에게 그들 행실을 두둔하고

도둑질을 잡아떼고 알리바이를 조작하기도 했다
뷔페집에서 고기를 훔쳐 상납하기도 했다

그런 그들이 내게 한 일이 딱 하나 있긴 하다
여름 내내 내게서
인간을 한움큼 덜어내었다

모과

맹렬하게 뿜어내는 저 향기는 나무를 떠난 뒤 급격히 기우는 시간의 기울기를 만회하려는 몸짓인가

당신이 떠난 뒤 지상의 것이 아닌 이 슬픔의 실상은 당신과의 분리로 인한 급격한 시간의 기울기가 만들어낸 죽음의 냄새인가

꽃은 이미 분리를 시작한 불안한 시간의 빛과 향기 모든 향기에는 죽음의 냄새가 묻어 있어 그렇지 않다면 그 어떤 향기가 우리를 매혹시킬까

차가운 신발

쿵 소리에 놀랐던 기억이 떠올랐다
아침 현관문을 여는 순간

지난 저녁 어스름에 서쪽으로 난 창에서 들리던 소리
새 한마리 마루 밑 내 신발 위에
피 흘리고 누워 있다

새가 뛰어든 곳은 붉은 노을 속인데
자신이 부닥친 것은 바로 자신

안쪽의 나는 이미 나에게서 떨어져 나온 거울상

그렇지 아,
저 밖이란 것이 있었지
피 흘리던 저곳이

새 한마리 내 차가운 신발을 신고 있다

변명

기억도 가물가물한 지난날
정리를 하다가 탁자 위에 놓인
작은 어항이 넘어지면서 바닥으로 막
떨어지려는

순간 나는 달려가 받으려고 상체를 던지고
두 발은 공중에 뜨고 두 팔은 길게 늘어나
어항에 손이 닿을 듯하고
물은 쏟아지고 고기들은 눈이 휘둥그레지고
.

몇십년째 그대로
떨어지는 것을 받으려는 그 자세
두 팔을 뻗은 채 그 자세

괜찮아질 거야 이제 다 됐어
그대로 얼마나 더 오래
고단한 노동 언제까지나 더
안간힘으로 뻗은 변명
떨어지는

나를 잡으려고

괜찮아질 거야 이제 이 고비만 넘기면

정지의 힘

기차를 세우는 힘, 그 힘으로 기차는 달린다
시간을 멈추는 힘, 그 힘으로 우리는 미래로 간다
무엇을 하지 않을 자유, 그로 인해 무엇을 해야 할 것인가
를 안다
무엇이 되지 않을 자유, 그 힘으로 나는 내가 된다
세상을 멈추는 힘, 그 힘으로 우리는 달린다
정지에 이르렀을 때, 우리가 달리는 이유를 안다
씨앗처럼 정지하라, 꽃은 멈춤의 힘으로 피어난다

제 3 부

평범한 일상

천마리 악어를 사육하는 우리에
제 발로 걸어들어간 여인이 있다는 것이다
먼 나라에서의 그 일은 끔찍하지만
이 지구 위에서 가난한 자들의 삶에 대한
그저 평범한 비유에 지나지 않을지도 모른다

불구덩이 세상을 피해 악어의 아가리로 피신한 것인지
고깃덩어리밖에 안 될 무의미를
악의 없는 저들에게 그저 던져준 것인지
나의 상상도 역시 평범한 비유에 지나지 않을지도 모른다

한장의 악어 껍질을 얻기 위해
많은 살아 있는 생명들을 도살해야 하고
그 먹이를 생산하기 위해 또 수많은
누군가의 껍질을 벗겨내는

누군가의 작은 기쁨을 위해
누군가를 벼랑으로 밀어붙여야 하고
또 누군가는 피를 뒤집어쓰는 노동을 해야 하는

그저 매일 반복되는 일일 뿐인 것에 대한

그 잔혹한 일상에 의미가 달아난 육신에 대한
삶의 껍질이 벗겨진 육신에 대한
그 무의미한 고깃덩어리를 아가리에 던져
우두둑 뼈째 씹히는 순간에야 깨어났을 의미에 대한
하나의 사소한 비유일지도 모른다

이 나라에서만 매일
마흔명이나 걸어들어가는 그곳에 대한

길

주유소마다 불이 꺼져 있었다
오일 게이지는 이미 바닥이었지만
그녀는 위독했고 돌아오는 길은 멀었다
마지막일지도 모를 한마디 말을 늦도록 찾지 못했다

캄캄한 산자락에 걸린 지방도는 텅 비어 있었다
언제 차가 멈출지 몰랐다 여기가 어디쯤인지도

그녀는 도시를 버리고 숲으로 갔다
숲으로 가서 깊은 병이 드러났다
우리는 모든 걸 길에서 찾고 길에서 잃어버린다

어딘가에서 이 길도 멈출 것이다
기를 쓰고 달려온 길도 멈추고 보면 길이 아니거나
길 위에 길은 사라지고 언제나 속도만 깔려 있었다

캄캄한 갓길에서 시동을 끄고 기다렸다
미등마저 끄고 나니 뚜렷한 산 그림자 맑다
잿빛 하늘 비친 뿌연 개울이

산자락을 몇굽이나 돌아가고 있었다
내가 탄 차는 통째 참선에 들었다

잠에서 깨어났지만 캄캄한 어둠이다
영영 깨어날 것 같지 않은 어둠이다
흥건한 어둠이 내 안에 고여 있었다
희미한 빛을 만들고 있었다

우리는 모든 걸 길에서 찾고 길에서 잃어버린다
멈추지 않으면 길을 갈 수 없다

공유지

엉덩이에 집착하는 나를 변태라고 해도 어쩔 수 없다
나는 모든 엉덩이를 그냥 지나칠 수 없다
남자 것이든 여자 것이든 탐스럽든 처지고 쭈그러졌든

모든 엉덩이는 구석기 동굴처럼 축축하다
엉덩이는 모든 것의 뒤에 있다
가슴의 뒷면도 얼굴의 뒷면도 엉덩이다
언어의 뒷면도 문명의 뒷면도
발바닥의 뒷면도 죽음의 뒷면도 엉덩이 같다
엉덩이는 모든 것의 엉덩이다

그래서 짐승의 엉덩이든 사람의 엉덩이든
똑같이 백악기의 화석 같다
내게 뚜렷한 구분이 가지 않는다
엉덩이는 누구나 밟고 있으면서
이제 막 발설되는 공유지 같다
공유지를 경유하면 나는
다른 종으로 튈 수 있을 것만 같다

엉덩이는 순종적이지만
명령하는 주둥아리를 난폭하게 씹어버리기도 한다
나는 매번 지하 종교처럼 싱크홀처럼 순식간에
빨아들이는 저 표정 없는 망연자실 앞에 선다

몸의 명상

이렇게 한심한 날에도 배는 고파 뭘
먹을까 이리저리 머리 굴리고
이렇게 슬픈 날에도 죽은 자 앞에서
갈비탕에 수육 접시 맛있게 비우고

이렇게 개 같은 날에도 좀 전에 배불리 먹은 밥은
간데없고 뭘 먹지 식당 골목을 기웃거리고
종일 한 일이라곤 지워버려야 할 일과
밥 먹은 일밖에 없는 날에도

절박함에 답을 찾아야 할 머리에는
식욕이라는 김이 뿌옇게 서려오고
먹는 일 때문에 통증도 무디어지고
머리에 끓어오르던 피는 위장으로 콸콸 흘러가고
아무리 유치해져도 다 그런 거지 뭐가 되고

그 유치함이 고뇌를 우습게 만들고
허기가 저 높은 곳을 슬슬 비웃고
사는 것은 내가 아니라 식욕인 것인지

식욕의 신전에 하루 서너번 머리 조아리고

슬픔의 끝에서 몸이 분해되다가도
고뇌의 회로에 갇혀 과열되다가도
신성의 불길에 영혼이 재가 되다가도
귀가를 종용하네 땅으로 땅에서 난 것으로
땅이 만들어낸 피와 살로 버무리네 온갖
부서지고 썩은 것들로 지은 집으로

버러지 만들기

누군가를 밖으로 들어내어야 해 자리가 비좁든 남든 먹을 것이 부족하든 남아돌든 상관없이 누군가를 밖으로 들어내 어야 해

세상은 어차피 일정하게 넘치게 되어 있어 반드시 박멸해 야만 하는 비율이 존재하게 되어 있어 일정한 증오가 일정 한 마녀가 일정한 빨갱이가 필요해 그들이 마녀라서가 아니 라 그들이 빨갱이라서가 아니라 그만큼의 증오 그만큼의 방 역 그만큼의 인종 청소 없이 정상이 유지될 수 없기에

일정한 질서를 위해 일정한 비율로 증오를 유지해야 하기 때문에 불륜이 필요해 암 덩어리가 필요해 일정한 비율의 버러지가 필요해 그게 없으면 정의가 어디서 나오나 누군가 돌을 던져야 정의가 불타오르지 다수의 개돼지가 있어야 나 라가 제대로 서지

버러지는 주술이야 버러지는 토템이라구 제물을 올리고 배를 따는 의식이 필요해 피 흘리는 제물을 던져야 해 저 성 난 파도가 요구하고 있어 이게 전통이야 미신을 제거하는

의식이야 빨갱이가 없으면 증오가 없으면 저 의사당이 왜
필요한 거야 자신이 만든 걸 자신이 개혁하느라고 자신이
세운 걸 자신이 청산하느라고

봄날에 꽃을 들고

봄을 기다리던 때가 언제였던가
겨울을 좀더 붙들어두고 싶어
안달을 해온 때가 또 언제부터였나

어릴 적엔 깊고 으스스한 겨울밤이 좋아
아득히 꾸던 꿈들이 흩어질까봐
그 멀고 먼 나라로 데려가던
눈부신 설원이 사라질까봐
그러나 날이 풀리면
정든 이들 살길 찾아 뿔뿔이 떠났기에
땅이 풀리면 고된 노역이 기다리고 있었기에
펼쳐지는 것은 화원 아니라 화흔이었기에
풀려나온 것은 심장을 찢는 비명이었기에
흩날리는 것은 꽃향기 아니라 피비린내였기에
애도의 회한들이 얼음 풀리듯 터져나오고
아픈 기억이 짓뭉개진 손톱에 핏물 적시기에
겨울을 오래 붙들어두고 싶었네
꿈은 더 깊어졌으면 했었네

하지만 가버렸네 다 가버렸네
꽃잎 여는 소리를 듣던 두 귀도
잎새 흔들던 바람에도 나비처럼 타오르던 심장도
이제 영영 내 것이 아니네

꽃들 난분분한 이 봄날에 한 손에는 꽃을 들고
줄을 서서 기다리며
쫓기는 짐승 같은 내 심장을 만져보네
불에 거뭇하게 덴 심장을

사람의 말

할머니 내게 구충약 먹일 때
사탕이라고 속였다
나를 속인 것이 아니라 회충을 속였다
에이 약이잖아, 내가 무심코 그랬다간
회충이 잊어먹을 때까지 기다렸다가 먹어야 했다

그땐 미물도 사람 말을 알아들었다
네발 달린 것들에겐 존대하는 것도 예사였다
낮말은 나무가 듣고 밤말은 도깨비가 들었다
산을 보고도 보름달을 보고도 간곡했다
저승길에도 사자들과 열시왕에게
제물 올리고 읍소하고 굽신거렸다

생각하면 할머니와 나는 종이 다를지도 모른다
크로마뇽인과 네안데르탈인보다 더 다를지도
먹는 것도 사실 소와 사자만큼 다르다
골격도 다르고 직립 방식도 다르다
우리의 현란하고 뒤틀린 문법 때문에
할머니 말을 해석할 수 없게 되었다

무엇보다 다른 점은 나는 손이 두개지만
할머니는 세개였다
할머니에게 말은 또 하나의 손이었다

감각의 기억

나의 첫 기억 중 하나는 참외 빛깔
걸음은 뗐거나 더 지났을 수도
말을 시작했어도 흉내나 내었을 즈음
우물가 소쿠리에 받쳐놓은 배꼽참외 한무더기
여름 햇살 받아 샛노란 불꽃이 이는 듯
이글이글하던 그 일렁임

눈부신 그 빛깔이 내 눈알을 매 발톱처럼 잡고 놓아주지
않아
누군가 나를 떼어놓을 때까지
뇌를 온통 노랗게 적시던 그 빛깔

아직 말이 감각을 망쳐놓기 전인 듯

어제 과일가게 앞을 지나다 참외를 봤지만
봤다기보다 첫 기억의 빛깔을 더 많이 떠올렸을 것
참외를 보는 순간 눈이 시렸던 건
그때 그 붙들렸던 시선의 기억이
더 많이 눈을 시리게 했을 것

고라니나 다람쥐쯤 되는 지능으로
노랑에 물들어 쉽게 노랑이 되어버렸던 것은
산에서 내려와 풀을 뜯던 고라니가
집으로 돌아가다 붉게 물든 노을을 바라보던
그 뛰는 가슴 같았을 것

내가 고라니나 다람쥐처럼 풍경을 풍경으로 이해했던 건
그때뿐이었을 것

재앙의 환대

팔을 다쳐 깁스를 하고 오니 너나없이 반긴다
염려가 아니고 환대다
식당 여자는 껴안을 듯이 두 팔을 내밀고
데면데면하던 이웃도 나를 보더니 얼굴을 편다
좌회전하던 먼 이웃도 우회전하며 손을 내민다

혁대 풀고 거웃까지 보여가며 봐봐 나도 석달 고생했다고
한여름에 얼마나 개고생이냐고 운전은 되냐고
팔 아니라 대가리였으면 좆 됐을 거 아니냐고 말은 그렇
지만
정작 재앙의 기억들을 떠올렸을 것
재앙이 가져다준 새잎 기억들을

탈 없기를 원하지만 말짱한 것은 뻔뻔한 콘크리트
망가진 뒤에야 간신히 새잎이 열리는걸

지난날의 우리가 부서지지 않았더라면
별들이 나를 죽음에 이르게 하지 않았더라면
당신이라는 거울 앞에 내가 무너지지 않았더라면

가까운 죽음 나의 죽음이 기다리지 않는다면
미래가 말짱할 곳은 사막뿐 재앙이 준비돼 있지 않다면
우린 아름다움이 무엇인지도 알지 못했을 것

행복은 수백갈래지만 재앙은 한곳을 향해 있어
우리 모두 한곳 재앙을 바라보면서 얻는 구원은
서로 손을 뻗어야 한다는 것
아름다움을 향해 손을 내밀어야 한다는 것

그리하여 경험하지 못한 대홍수의 기억이
사소한 일에도 우리 모두를 뒤흔들어놓기도 한다는 것

카운트다운

건널목 신호를 기다린다
뭔가 문득 임박해오는 듯
출렁 가슴이 당겨진다
카운트다운이 시작된다

편의점 전자레인지에 컵라면을
돌리다 문득 부정맥이 뛴다
카운트다운이 시작된다

시립 화장장에 앉아 기다린다
붉은 숫자가 내려가고 갑자기
시계 타는 냄새가 난다
카운트다운이 시작된다

대기 번호를 뽑고
열차를 기다리는 동안에도 컴퓨터 앞에서도
모든 기다림 위에서도 너와 마주 앉자마자
숫자들이 거꾸로 선다

지난날들 위에도
우리의 진한 모든 기억 위에도
모서리가 허물어지기도 전에
기억이 피를 흘리고 있는 동안에도
카운트다운이 시작된다

모든 건 완성된 것에서 시작된다
모든 발단은 절정이다
모든 결론도 절정이다 탄핵이 진행되듯이
카운트다운될 뿐이다

아이들도 완성된 채 태어난다
아이들은 이제 낳는 것도 성장하는
것도 아니다 완성된 걸 끄집어낸다
카운트다운이 시작될 뿐이다

머문 곳마다 완성된 장난감 무덤이다
이제 내던져질 시간만 존재하지만
아무것도 부서지지 않는다

부서지기 전에 복제품이 보충된다
카운트다운은 환원된다

시간이 증발한 곳
불안은 허공처럼 출처가 막연하다
시작도 끝도 시간이 아니라 카운트다운이다

죽음도 완성된 죽음을 치른다
아무것도 밀려오지 않는 카운트다운
아무것도 폭발하지 않는 카운트다운

어느새 폐기돼 있을 뿐이다
어느 순간 검은 아가리를 벌릴 뿐이다
파국도 종말도 재생도 약속하지 않는 카운트다운

오직 깜박인다 내려간다
제로에서 멈춘 다음 건너갈 곳 없음이 확인되고
숫자는 환원된다 시계 타는 냄새 가득하다

어떤 재앙도 어떤 난폭한 파괴의 힘도
저 공전을 멈추게 할 수 없다
오직 자기긍정만이 자신을 파괴할 수 있는
밖이 없는 시간 오직 안에서만 복제되는 카운트다운

나에게 이르는 길

몇해 전 살구나무 한그루 심어놓고
나는 믿기지 않았다
주위에 살구나무가 한그루도 없어서인데
다음 해에 탐스러운 열매를 보고 또 믿기지 않았다
자가수분을 할 거면 열매로 시작하지 꽃은 왜

힘들여 피우나 속살 벌겋게 드러내고
천지사방 분을 날리고 향기로 어지럽히고
소음에 귀를 열고 온갖 것 불러 모으고
머리를 헤치고 밤바람에 싸돌아다니고
열린 몸은 거친 부리에 노출되면서

꽃에서 시작해서 꽃으로 돌아올 일을
왜 저리 요란을 떠나
나에게 건너가는 길이 내 안에는 없다는 건가
저 바람 속에 햇살 속에 거친 눈보라 속에
저 인간들의 아비규환 속에 저 고단한 길 위에나 있어

바람이 나보다 한걸음 앞에 있어서

길이 언제나 나보다 한발 먼저 있어서
말이 언제나 나보다 반걸음 앞에 있어서

내가 어디까지인지

산길 모퉁이를 돌았을 때 그곳에서
숲이 시작되고 있었다
갈수록 그늘은 짙어지고
넓은 잎들이 하늘을 가리고 공기와 바위는 서로를 껴안고
그 그늘의 끝에서 생각은 허둥대고 문장을 잃고
한순간 내가 아니라 그늘이 나를 보는 것 같았다

그늘 하나가 내게 걸어오고 있었다
무서움이 밀려오고 가슴이 뛰었다
점점 낯이 익었다
나는 몸을 떨어야 했다
그뿐이었다 숲을 걸어나왔지만
그 그늘은 내게 묻어 지워지지 않았다

밝은 곳으로 나와보니 그것은 그늘이 아니라
한 기억이었다
잃어버리지도 않았는데 내 것이 그곳에 있었다
지워지지도 않았는데 갑자기
기억이 복원되어 밀려왔다

어디까지가 나인지 너는 알 수 없다고 했다

미각 권력

싱크대에 떨어져 있던 포도 한알을 집어
무심코 깨물다 깜짝 놀란다
어떻게 이런 맛이!
모든 미각이 다 각을 세우고 덤벼드는 이 맛
오전에 그 포도 한송이를
맛있게 먹은 기억은 나지만 이 맛이 아니었다
그사이에 무슨 일이 일어난 것일까
배가 더 고팠을지도 목이 더 말랐을 수도
희소성 때문일지도 그사이에
포도알이 더 익었을 수도 있다 그보다
어제 읽은 책 한 구절이 떠올랐기 때문인지도 모른다

아직 어떤 인간도 어느 한 과일의 맛과 향기를 완전히 맛
본 적은 없다*

조야한 감각에다 또 누군가가 내 입맛을 부인하고 있어서
가격과 문화의 서열과 맛의 계급을 지정해주고 있어서
입맛도 언어로 기술되고 있어서
추억으로 먹는 것이야 기껏 자기최면일 뿐

누군가가 내 입맛을 지정해주고 있다

포도알이 나를 맛보게 놔두지 않는다

* 헨리 데이비드 소로 「야생사과」

밥이 끓는 동안

밥이 끓는다 현재는 끓는 밥이다
배부르지 않다 맛볼 수도 없다
뚜껑을 열어볼 수도 없다

현자들은 현재만을 살라고 충고하지만
현재를 살아볼 도리가 없다
지금은 끓고 있을 뿐이다

끓고 있는 지금 내가 먹는 것은
언제나 과거와 미래의 허공이다
허공만이 실재라는 듯이

현재는 허기다 주린 배로 사냥에 나선
피에 젖은 발톱이다
둥지로 돌아가지 못한 부러진 날개다

지금을 먹을 수 없다 죽을 지경이다
현재는 끓고 있는 창세기다

제 4 부

새의 운명

알에서 깨어나 처음 거두어준 손길을
어미로 알고 일생 한 사람을 따르는 새들이 있다지만

태어나 누구보다 일찍 내 곁에서
울어준 새 한마리를 나는 어미로 따르고 있네

홀로 깨어나던 백색의 여름 낮
현기증에 눈도 뜰 수 없던 그 새하얀 마당

모습을 드러내지 않고
쟁쟁 내 귀를 파먹으며 울던 새

하던 일도 놀던 일도 다 털고
따라나서게 하던 그 울음소리

그를 따라 험한 곳으로 가파른 곳으로
다리가 부러지고 피투성이가 되기도 했네

내게 젖꼭지 대신 좌절을 물려주고

안아주는 대신 버려졌음을 알게 했네

날개도 발도 낳아주지 않았고
언제나 내게 허기를 물려주던 새

견딜 수 없어 그를 떠나려고 했네
모든 불행을 안겨준 그 소리에 귀를 막았네

그러나 잠시뿐 어느날 문밖에
그 소리 찾아왔네 나의 어린 새끼가 되어

사랑 혹은 불가능

후배가 찾아와 주례를 부탁했을 때
나는 벌건 숯불을 깔고 앉은 듯했다
용서해다오 나는 퇴화를 거듭했다
내가 아는 사랑이라곤 어렴풋한 성교밖에 없다

나는 믿음이라는 말을 싸구려로 만들었다
영원이라는 말도 잡동사니로 만들었다
세상에는 사랑이라는 이념과 영토가 분명 있지만
내가 그 나라에 기여한 것은 아무것도 없다

사랑을 위한 것이라고 믿고 노동하고 피 흘렸지만
그 때문에 나는 멍청이가 되고
내 손길은 흉기가 되었다
정작 그 문은 열어보지도 못하고 끝장이 났다

나의 사랑은 언제나 제어 불가능한 차를 몰고
화원에 들어선 모양새였다
바퀴자국 깊게 어지럽혀놓고도 제어되지 않았다

용서해다오 나의 사랑은 퇴화를 거듭했다
성교는 기쁨보다 더 큰 상실을 안겨주었다

사랑이 내게 가르쳐준 것은 실낙원이었다
사랑은 내게 낙원을 보여주기도 전에
파괴된 낙원의 잿더미만 보여주었다
나의 사랑은 믿음 때문에 파괴되었다

풀의 바다

발밑에서 내 머리까지
나에게서 너에게까지
풀이 있었던 때와 그렇지 않았던 때가 있었다

내가 풀을 숨 쉬면
풀이 나를 숨 쉬었다

네가 나를 발견하기 위해서는
내가 풀 속에 담겨 있어야 했다

너의 눈과 나의 눈 사이에
너의 말과 나의 말 사이에
풀이 있었던 때와 없었던 때가 있었다

내가 보낸 말은 네 귀에 닿기 전에
숨결과 체온을 잃고 부스러기가 되기 일쑤였다

멀리 있는 네게 물고기 한마리를 보낸다면
썩지 않도록 잘 말려서 보내야 할까

산 채로 보낼 수도 있을 것이다
숨을 쉬도록 물에 담아서 말이야

풀을 헤엄쳐 너에게 가야만 한다
우리는 풀의 바다에 사는 물고기이므로

안락사

젊은 여인이 별다른 이유 없이
안락사를 요구한다는데
어렸을 때부터 삶은 자신과
도무지 어울리지 않는다고

간이 서늘해졌다네 그 한마디에 그리고
내 생각을 들켜버린 듯해서

내게 맞지 않는 삶을 벗어버릴 수 없어
나를 벗어버리려고 발버둥 쳤지
내게 오는 것들을 조금씩 죽여서

내가 애써 마련한 옷을
벗어 내다버린 것도
팔자 필 제안을 받았다가 금방 귀를 닫아버린 것도
간절함으로 애써 쫓아가
잡았던 사람을 그냥 놓아버린 것도

어울리지 않아서였지 나와

내가 그쪽에 어울려보려고 노력할수록
나에게서 멀어진 짓들

내가 벗어버린 것들은 다름 아닌 내가 매일 나에게 가하는
안락사였지만

나에게는 오늘도 하나 이상의
감당 못할 목숨이 새로 피어나서

시계

저건 가기만 한다
오는 것은 알 수 없고
가는 것만 보이는 건
분명 이상한 일이지만
숙명인 양 가는 뒷모습만 전부다

도무지 얼굴을 볼 수가 없다
우리는 열차의 맨 뒤 칸에서 뒤를 보고 있다
마치 기계 노동의 습관처럼
도무지 누가 앞에서 운전을 하는지 알지 못한 채
얼굴이 있는지도 모른 채
모든 걸 배웅하기에 바쁘다

가는 것은 어디서 오는 것이 아니라
우리 몸의 부피에 가득 찬 실타래가
빠져나가는 것이라는 생각에 미칠 뿐이다
그건 마치 그림자를 어둠이라고 생각하는 것
태양 속에 밤이 있다고 믿는 것이다
그래서 저 시계는 뒷모습만 비추는 거울이다

우리는 어떤 재생에도 참여하지 않는다

순환의 절반을 버림으로써 얻은
이 엄청난 질주와 쾌락
우리들 눈에 보이지 않는 것들은 모두
반대편에 있기 때문이다
가기만 하는 시간 가운데서는 별이 보이지 않는다

드론

몸을 떠난 눈

지평선이 사라졌다

키의 시선이 사라졌다

풍경의 과잉

시공은 분리된다

수직으로 꽂히는 지배자의 시선

흙냄새가 사라진 풍경

저 너머가 사라졌다

지구는 다시 평면으로 정의된다

광장이 사라졌다

광장을 먹고 튄 자들이 있다

광장은 모두의 것이 아니다
광장은 작고 바닥을 기고 발톱도 없는 자들이
우화하는 숲이다 떼로 변신하는 곳이다
벌떼처럼 봉기하는 곳이다
그러나 광장은 그들의 것만도 아니다

그 광장에 힘 있는 자들이 소유권을 주장하고 나섰다

힘 있는 자가 약자를 모방하기 시작할 때
거대한 재앙이 세상을 덮친다*

약자의 울분을 모방한 자들이
광장을 먹고 튀었다

* 에릭 호퍼 『영혼의 연금술』

지구평면설

지구평면설이 다시 등장한 건 둥근 지구가 어지간히 지겨웠던 모양이다 아니면 이미 평평해져버린 세상과 지구를 혼동해서일까 지구는 원반처럼 평평한데 과학자들이 왜 거짓말을 해왔을까 그렇다고 학회까지 만들었다니

우주에는 일어나지 못할 일이 아무것도 없어 아무리 황당해도 그럴듯한 이론이 되는 건 드문 일도 아니라지만 사실 나도 지구평면설 신봉자다

지구는 땅덩어리를 졸업한 지 오래되었고 자연을 폐업한 지도 오래되어서 이미 세상의 모든 눈은 패놉티콘이 되어 있고 자본은 반대편이라는 걸 다 없애버렸고 평평하지 않으면 쓸모도 효용도 지배할 수 없고 둥글다가는 자칫 혁명이 일어날 수도 있으므로

그래서 평평한 것은 평등한 것이 되어야 했고 세상은 누구에게나 굴곡 없는 고른 땅이 되어야 했고 나날이 평평해진 지구에서 불평등은 능력에 따를 뿐 항상 동등하고 평등하지만

평평한 것은 뒷면을 만들어놓았네 절대 앞면이 될 수 없
는 뒷면을

교환가치

그 가난했던 시절에
모두 어슷비슷하게 살아왔는데도
생각은 왜 그처럼 가지가지였는지

이 풍요가 너절한 세상에
각자 다르게 사는 것이 패션인 시절에
어쩌면 생각이 이처럼 같은지

주렸을 땐 눈은 멀리를 향해 있어서
배가 부를 땐 손 닿는 곳이나 후벼 파고
고뇌를 대신할 수 있고
계절을 대신할 수 있고
진실을 대신할 수 있는 것도 즐비한 까닭에

장미를 대신할 수 있고
거짓을 대신할 수 있고
참회를 대신할 수 있고
이런저런 속의 것 팬티 속의 것
내장 속의 것 대갈통 속의 것

이식하고 교환하고 대신할 수 있기에

나도 모르는 사이에 무엇이
내 삶을 교환해버릴 수도 있기에
누가 나를 대신해서 살아버릴 수도 있기에

리바이어던

거대한 검은 시체가 떠올랐다
사지가 찢기고 썩은 체액을 울컥울컥 토해내며
심해의 어둠을 붙들고 완강하게 버티던
거대한 짐승 한마리가 인양되었다

삶의 미궁 같은 싱크홀
역사의 괴물 같은
아집과 밀폐의 성채 같은
무소불위의 체제 같은 거대한 몸집

작은 손들이 모여 그 약한 끈들을 이어
김이 서리는 입김의 열망을 모아
눈물과 눈물 그리고 오랜 기다림으로
건져 올린 저 처참한 시체

문을 열면 귀를 찢는 비명 소리 터져나올 것만 같고
사라진 이름들과 그 피눈물이 쏟아져 나올 것만 같은

거짓 약속을 빨아먹고 산 괴물

죽음의 제물을 먹고 키워온 몸집
저 험한 곳을 건너게 하겠다던
꽃 피는 나라로 데려다주겠다던
위험으로부터 구원하겠다던 그 약속
굴복의 댓가로 주어진 거짓 약속들
그것은 죽음의 약속이었을 뿐

그러나 또 어디서 처참하게 뒤틀린 언어들을
토해내며 저주를 퍼붓고
저 검은 심해의 공포를 다시 불러내는
여전히 끝나지 않은 전쟁의 그림자 일렁이는
바닥 모를 검고 깊은 물 아래
거대한 짐승 한마리가 인양되었다

누구였을까

아마존 밀림에서 한 사람이 발견되었다 이십여년 홀로 살아남은 사람 벌목꾼에게 부족들 몰살당한 뒤로 초막 한채 가죽옷에 사냥 도구 몇개

자신을 누구라고 생각했을까 오직 생존만을 위해서 존재할 수 있을까 기다릴 사람조차 하나 없다면 영원히 혼자라는 사실을 알게 된 뒤에도 기억에서 말이 다 사라진 뒤에도 자신을 인간이라고 생각했을까 그는 자신을 야생과 어떻게 구분했을까 그는 자유로웠을까 자연은 그를 포근하게 감싸주었을까 잔인한 포식자였을까

천만이 사는 도시에서 누구는 수십년 만에 또 어떤 모녀는 이십년 만에 발견되기도 했다 회색의 밀림에서 실종된 그들은 보이지 않았다 그들의 말은 들리지 않았다 이웃들은 야생의 포식자였을까

초막 같은 지하 단칸방에서 밤이면 문밖에 짐승들이 울부짖는 소리 들어야 했을까 자신을 인간이라고 생각했을까

외계인

어느날 외계인과 마주쳤을 때 나는 그가 매우 불행하다는 것을 단숨에 알아보았지 그는 마치 독립된 하나의 행성 같았거든 그가 의지하는 것은 자신의 능력밖에 없었거든

말했듯이 난 지구 행성에서 태어난 외계인이야 넌 낯선 행성을 찾아왔지만 난 내가 살던 이곳이 낯설어져버렸어 생명체가 사는 이 별이 네가 살던 곳과 비슷하지만 내게도 이 별이 내가 살던 때와 조금 비슷할 뿐이야 지구는 헐렸고 외계인이 된 거야

넌 이곳에 적응하기 위해 이상한 방호복을 입어야 하지만 우리도 이곳에 살기 위해 방독 마스크를 쓰고 자외선 차단제를 바르고 백신 접종도 해야 하고 공기도 털어서 마시고 물도 씻어서 먹어야 해 힘없는 자들은 또 한순간에 자신이 태어난 곳에서 이주민이 되고 불법체류자가 되고 보트피플이 되기도 하지

그뿐 아니야 우린 우리가 태어난 그곳을 상상할 능력을 잃어버렸어 인간은 작은 우주라지만 조각으로 여기니까 당

연히 그럴 것이라는 거지 의미 없는 이야기야 신이 인간을
자신의 형상대로 지었다는 말도 우릴 절망에 빠뜨린다네 그
로부터

　돌아갈 곳을 잊어버리게 되었기 때문이지 우리는 어떤 몸
에서 태어났지만 우리가 태어난 곳은 우리와 같지 않아 생
각해봐 자동차 공장은 전혀 자동차처럼 생기지 않았거든 그
래도 자동차는 상상할 수 있을 거야 자신이 태어난 공장을
말이야

　우리가 자연을 낳지 못하는 건 인간이 자연을 조립해버렸
기 때문이지 그러고는 우리가 그곳에서 태어났다고 하더군
그것은 노동력을 조직할 필요에 의해 세계를 설명하는 방법
일 뿐이야

　그것은 인간이 자유를 위해 싸우면서 그 자유가 인간을
해치게 되는 이유를 말해줄 것 같네 자유는 인간 너머에 있
어야 하니까 저 너머에 있는 것이 아니면 현실을 바꾸지 못
하니까 우리는 지나치게 인간이 되는 바람에 그만 외계인이

돼버렸다구

도마

엄연히 현실에 동원돼 있으나
정체는 바닥과 한 몸이라 드러나지 않는다
파먹히고 난자당하지만 입이 없다
역할은 분명하지만 진술이 없다

자르는 쪽도 잘리는 쪽도 아니다
때리는 쪽도 짓이겨지는 쪽도 아니다
그렇다고 그 둘 사이에 있는 것도 아니다
그 둘 사이 행위를 모두 받아안는다

핏물이 튀고 살이 발라진 다음에
목적을 떠난 잉여의 힘을 덥석 문다
튕겨나가는 여분의 흉기를 경계 안쪽으로 끌어안는다

가축의 범위를 정하고
법이 정한 도살과 착취의 면허를 부여하고
핏물을 뒤집어쓰고 칼집으로 날을 저지하는 곳에

야생의 누출을 저지하는

광란에 윤곽을 부여하는
파멸 직전 무고한 죽음의 희생제의가 치러지고
그리하여 겨우
세계가 유지되는 그 바닥에
정체가 명명되지 않기에 허용되는 아래쪽에
수많은 칼집을 받아안아야 하는 곳에

설산의 바람

마지막 기차를 기다리는 이십여분
나는 대합실 짙은 연무 같은
빽빽한 웅성거림에 담겨 있었지

저 혼자 떠드는 티브이 앞을 지나자
애타게 길게 뭔가를 호명하는 소리가 들렸어
히말라야 설산이 화면에 가득 비치고

마방들의 구음인지 늑대 소리인지
바람에 찢겨 늘어지고 휘어지며
새처럼 가파르게 거친 산을 넘는 소리

기차는 설산의 바람을 뚫고 달려가네
눈보라 차창을 때리고 졸음을 흔들고
기억에서 깨어난 듯 나는 머리를 흔드네

깨어보니 낯선 곳에 와 있네 나는 설산을
언제 떠난 걸까 소음의 짙은 연무에
싸인 저 불빛 거리는 나의 설산

'저 너머'를 투시하는 '정지의 힘'

고영직

백무산 시집 『이렇게 한심한 시절의 아침에』는 '시간'에 대한 사유가 남다르다. 시간에 대한 사유는 앞 시집 『폐허를 인양하다』(창비 2015)에도 여럿 등장했지만(「시간 광장」「낙화」 등), 이번 시집에서는 더욱 전경화되어 나타난다(「축의 시간」「정지의 힘」 등). 시인은 시간에 대한 깊은 사유를 통해 시간 혁명을 위한 '혁명의 시간'을 사유한다. 먼저 「축의 시간」을 보자. 앞부분에서는 "굵은 비 쏟아지는 산길"에서 조우한 "알을 품고 있"는 "새 한마리"가 제시되고, 이어 시간에 대한 사유가 전개된다.

알은 해석으로 풀려나올 수 없다
어떤 문법으로도 풀려나올 수 없다

어떤 언어로도 깨어나게 할 수 없다
품을 수밖에 없다

시작과 끝이 맞물린 알
시제가 없는 알

지금은 축의 시간
주둥이가 막힌 병
거센 물살 가운데 정지한 나무
꼭지가 막 떨어진 사과의 시간

—「축의 시간」 부분

　시인은 직정적인 언어 구사를 통해 '알'을 깨어나게 하는
힘은 무엇이냐고 자문자답하고는 시의 전언처럼 "품을 수
밖에 없다"고 말한다. 그러므로 알은 어떠한 인간적인 '해
석'이나 '문법'이나 '언어'로도 깨어나게 할 수 없다는 인식
을 드러낸다. 이러한 인식에서 분명히 확인할 수 있는 것은
자연으로부터 분리된 인간 중심적 사고를 성찰하려는 시인
의 시적 태도이다. 즉, 인간 중심적인 시간과는 다른 차원의
시간 혁명을 꾀하려는 시적 태도를 엿보게 된다. 마지막 연
의 "지금은 오직 전체를 기울여야 할 때"라는 표현에서 그
런 단서를 발견할 수 있다.
　그렇다. 백무산은 '축(軸)의 시간'을 전면적으로 사유하

며, 시간 혁명을 위한 '혁명의 시간'에 대해 사유하고 상상하고자 한다. 이것은 『폐허를 인양하다』에서도 시도되었다. '역류'하는 상상력의 한 극점을 보여준 「시간 광장」이 그렇고, '낙화의 시간'을 회복해야 한다고 역설한 「낙화」 같은 작품이 그 예이다. 그러나 이번 시집에서는 『폐허를 인양하다』의 그것과 연속적이되 다른 지점으로 더욱 심화되는 양상을 보여준다. 「낙화」에서 "우리가 잃어버린 것은 정지의 감각이다"라고 노래했다면, 「정지의 힘」에서는 한발 더 나아가 '정지의 힘'을 과감히 예찬한다. 정지의 '감각' 차원이 아니라 정지의 '힘' 자체를 적극 지향하는 셈이다. 그러면 '축의 시간'을 상상한다는 것은 무슨 의미일까. 그것은 시간에 대한 패러다임을 전환한다는 것이고, 결국은 '자기혁명'을 동반하겠다는 것이다. 이는 내 안의 아비투스(habitus)를 바꾸고, 나 자신에게 과감히 '저항'하겠다는 시적 태도로 나타난다. "모든 옷이 수의였구나/나를 떠나보내면서 입혔던 수의였구나"(「수의」) 같은 대목에서 그런 단서를 발견하는 것은 어렵지 않다.

기차를 세우는 힘, 그 힘으로 기차는 달린다
시간을 멈추는 힘, 그 힘으로 우리는 미래로 간다
무엇을 하지 않을 자유, 그로 인해 무엇을 해야 할 것인가를 안다
무엇이 되지 않을 자유, 그 힘으로 나는 내가 된다

세상을 멈추는 힘, 그 힘으로 우리는 달린다
정지에 이르렀을 때, 우리가 달리는 이유를 안다
씨앗처럼 정지하라, 꽃은 멈춤의 힘으로 피어난다
　　　　　　　　　　　　　　　　　——「정지의 힘」 전문

「정지의 힘」은 이번 시집에서 백무산이 지향하려는 시간에 대한 새로운 관점을 비롯해 시적 추구의 방향을 압축적으로 보여주는 득의의 작품이다. '정지의 힘'이야말로 "기차를 세우는 힘"이고, "시간을 멈추는 힘"이며, "무엇을 하지 않을 자유"와 "무엇이 되지 않을 자유"를 찾는 길이고, "세상을 멈추는 힘"이라고 역설한다. 다시 말해 생태-생명-생활을 저마다 분리되고 분절된 것으로 파악하지 않고, 하나이면서 여럿이고 여럿이면서 하나인 의미로 포괄하려는 사유와 시적 실천을 확인할 수 있다. 특히 주목할 부분은 '자동사(自動詞)'의 적극적이고 의식적인 사용이다. 각 시행 마지막의 동사들, '달리다' '가다' '알다' '되다' '피어나다'의 용례를 보면 누군가가 '시켜서' 움직이는 피동사 계열이 아니라, 스스로 '내켜서' 움직이는 능동사 계열이다. 시인은 이와 같은 능동사를 의식적으로 구사함으로써 자신이 강조하려는 '정지의 힘'을 역설한다.

백무산이 이번 시집에서 '정지의 힘'을 적극 예찬하는 것과 더불어 주목해야 할 것은 일종의 포스트휴머니즘적 태도가 전면화되어 나타난다는 점이다. 백무산은 인간에 대한 회의가 깊어질수록 우리가 비인적(非人的) 존재라고 치부하는 것들을 적극 껴안으려는 시적 태도를 보여준다. 「인간 형성」 「과잉 풍경」 「소를 끌고」 「그들 등쌀에」 「사람의 말」 「감각의 기억」 같은 작품에서 잘 드러난다. 흥미로운 점은 가족사의 기억 또는 유년 시절 기억의 편린들이 자주 등장한다는 것이다. "그땐 미물도 사람 말을 알아들었"(「사람의 말」)던 유년 시절 생애 최초의 감각은 시인에게 "내가 고라니나 다람쥐처럼 풍경을 풍경으로 이해"(「감각의 기억」)하게 하는 감각으로 아직도 여전히 작용한다. 유년에 경험한 최초의 감각은 시인을 '곁눈'을 가진 존재로 만든다. 그래서 시인은 "사람들 붐비는 여행지에 가면 나는 자주/여행이 눈이 부셔 사람만 보고 오네"라고 읊는데, 시인은 이제 여행지에서 "마지막 여행을 나온 사람" "마지막 외출을 나온 사람"(「눈이 부셔」)을 자주 목격하는 '곁눈'의 투시력을 소유한 사람이 된 것이다.

  그렇다면 여기서 "풍경을 풍경으로 이해"한다는 것이 어떤 의미인지 물어볼 필요가 있다. 그것은 모든 것을 "이식하고 교환하고 대신"(「교환가치」)하는 자본주의의 논리와는 아무런 상관이 없다. 오히려 우리가 인간적인 가치라고 간주하는 '저 너머'에 있는 어떤 것들을 이미지로 선취(先取)하게 하는 투시력이라고 할 수 있다. 시장이 서로 주고받을 수 있는 사회관계의 기능을 '대체'해버리는 것과는 별로 관

련이 없는 것이다. 떠돌이 개 일가(一家)와의 인연을 기록한 「그들 등쌀에」는 인간의 인간성 자체를 의심하고 심문하려는 시인의 태도를 잘 보여준다. 마지막 연에서 "그런 그들이 내게 한 일이 딱 하나 있긴 하다/여름 내내 내게서/인간을 한움큼 덜어내었다"라고 술회하는 대목을 보라. 인간의 인간성 자체를 심문하며 비인적 존재들까지 포용하고자 하는 진전된 시적 태도가 두드러진다.

특히 주목해야 할 작품이 「사람의 말」이다. 유년 시절 할머니와의 추억을 삽화처럼 재현해낸 이 시는 인간적인 것을 넘어서는 인류학의 한 보고서라고 보아야 옳다. "산을 보고도 보름달을 보고도 간곡했"던 '할머니의 세계'란 지금-여기의 도시 문명인들은 모두 잃어버린 감각이다. "우리의 현란하고 뒤틀린 문법"은 도무지 "할머니 말을 해석할 수 없게 되"어버린 것과 무관할 수 없다. 그래서 "생각하면 할머니와 나는 종이 다를지도 모른다"고 탄식하는 것도 무리는 아니다. 그중에서도 도시 문명인들이 '할머니의 세계'에 비해 현저히 퇴화된 감각과 기능이 바로 '손'의 기능과 감각일 것이다. 나는 이 시를 읽으며 "심층생태학의 본질은 좀더 깊은 질문을 하는 것"이라는 생태학자 아르네 네스의 말을 떠올린다.

무엇보다 다른 점은 나는 손이 두개지만
할머니는 세개였다

할머니에게 말은 또 하나의 손이었다

—「사람의 말」부분

그렇듯 지금-여기의 현대 도시문명을 응시하는 백무산의 태도는 래디컬하다. "피가 도는 밥"(「노동의 밥」)을 사유했던 첫 시집 『만국의 노동자여』(청사 1988)에서부터 일관되게 관통하는 문제의식이 더욱 심화·확장된 것으로 간주할 수 있다. 어쩌면 백무산은 지금의 근대문명처럼 자연으로부터 '저만치' 분리되지 않은 시절의 '할머니의 세계'로 그라운딩(Grounding, 회귀)하고자 하는 시적 지향을 행간에 부려놓는 중일지도 모르겠다. 때로는 '저 너머'에 대한 사유로(「몸의 명상」「드론」등), 때로는 '야생의 힘'을 적극 옹호하는 시적 인식과 태도로(「풀의 바다」「설산의 바람」등).

「축의 시간」에서 확인했듯이, 인간이 자연으로부터 분리되기 이전의 감각으로 그라운딩한다는 것은 인간적인 '해석'과 '문법'과 '언어'의 세계 저 너머로 회귀한다는 것을 의미한다. 시집 첫머리에 실린 「외상 장부」가 예사롭지 않게 읽히는 것은 그 점 때문이다. 백무산은 인간의 인간성을 증명하는 것으로 자주 언급되는 이른바 '문자의 세계'를 성토하고 탄핵한다. "인간이 처음 문자를 만들면서 한 일은/하늘의 음성을 받아 적은 것도/지모신에게 올리는 기도문도/사랑의 기쁨을 노래한 시도 아니다/곡물 수확량을 조사한 세금 장부였다"라고.

백무산이 '문자'의 세계가 아니라 '말'의 세계를 더욱 신뢰한다는 점은 문자의 바깥을 적극 사유하고 염탐하면서 다른 문명의 길을 모색하려는 시적 의도와 무관하지 않다. 다시 말해 백무산은 인간의 인간성을 심문하고 탄핵함으로써 무엇이 진짜 나 자신의 생활이고, 나 자신의 존엄성을 회복하는 새로운 '리듬'인지에 대해 역설한다. 그러나 오늘날 문자의 세계는 "가격과 문화의 서열과 맛의 계급"(「미각 권력」)을 나누는 척도로 강력히 작용한다. 자율주의 이론가 마우리치오 라자라토의 언명처럼 '부채 인간'(=외상 장부)을 의미하는 호모 데비토르(Homo debitor) 또한 대량 양산한다. 문자의 세계란 "포도 한알"의 진짜 맛조차 알지 못하는 "조야한 감각"(같은 시)의 웰니스(wellness) 문화를 대량 유포하는 것이 아닌가 한다. 유럽에서 '말의 알파벳화'가 폭발적으로 진행되며 '기억에서 기록으로' 급속히 전환했던 12세기 이후 읽기의 기술을 심층 연구한 철학자 이반 일리치에 따르면, "서술된 현실이 목격자의 말보다 법적으로 더 강해졌다"고 그 위력을 증언한다. "인간에게 문자가 필요했던 것은 태어나면서 우리가/이 땅에 역사에 외상을 먹었기 때문일 터이다"(「외상 장부」)라는 대목과 유사한 인식의 단서를 확인하게 된다. 지금-여기의 현실에서 아직도 여전히 견고한 중력장으로 작용하는 문자의 바깥으로, 문명의 바깥으로 탐사하려는 시작(詩作) 의도를 확인할 수 있으리라.

그럼에도 오늘날 문자의 세계에 전적으로 의존하는 자본주의 문명은 위력적이다. "평평하지 않으면 쓸모도 효용도 지배할 수 없고 둥글다가는 자칫 혁명이 일어날 수도 있으므로"(「지구평면설」)라는 표현에서는 모든 것을 '평평하게' 만들려는 자본의 가공할 힘을 확인하게 된다. 이는 또 "펼쳐짐의 끝없는 반복/멈추지 않는 직선의 되풀이"(「광활한 폐소」, 『폐허를 인양하다』)라는 표현을 저절로 연상시킨다. 오직 생산성과 효율성을 위해, 철학자 미셸 푸코가 언명한 바 있는 자기 통치를 위한 기예(技藝, art)로서의 의례를 그저 반복적으로 수행하는 노동은 '죽은 노동'과 다름없다.

이렇듯 백무산은 근대문명이라는 이름 아래 인간의 인간성 자체를 파괴하는 제도 전반(민주주의를 포함하여)을 철저히 심문하고 탄핵하고자 한다. "이미 세상의 모든 눈은 패놉티콘이 되어 있고 자본은 반대편이라는 걸 다 없애버렸고"(「지구평면설」), "우리가 자연을 낳지 못하는 건 인간이 자연을 조립해버렸기 때문이지"(「외계인」) 같은 표현에서 시인의 인식을 분명히 확인할 수 있다. 이제 인간 또한 지구라는 행성에서 한낱 '외계인'이 되고 말았다. '이주민' 혹은 '불법체류자' 아니면 '보트피플'이라는 이름의 외계인……무엇보다 누군가를 "혐오하고 누군가에게 떠넘기는 고상한 습성을/동물과 유일하게 구별되는 습성을/우리는 인간성이라고 부른다"(「인간 형성」)라는 대목에서 인간의 인간성을 탄핵하며 인간성 '바깥'을 성찰하고, 인간 중심의 '분류 체계'를 거부하며 뭇 비인적 존재들을 껴안으려는 백무산의 시선을 여실히 목격하게 된다. 인간의 '인간성'이란 실상 "누군가의 작은 기쁨을 위해/누군가를 벼랑으로 밀어붙"(「평범한 일상」)이듯 사회적 약소자들을 잉여 인간 취급하는 '희생의 시스템'을 작동하는 것 아니냐는 특유의 인식을 드러내는 것이다. 문화인류학자 존 그레고리 버크의 '신성한 똥'의 정신을 잃어버린 자본주의의 안락한 근대문명 자체를 탄핵하는 것도 그런 이유 때문이다. 백무산은 지금 온몸으로 '정지의 힘'을 지향하며 근대문명을 넘어 '생태문명'을 강렬히 염원하고 있다고 감히 말할 수 있으리라. 다음 시를 보라.

> 그림자가 스며들지 않는 풍경들
> 흙냄새를 품지 않는 풍경들
> 나무의 그늘과 풀을 밟고 있지 않는 풍경들
> 함께 걸어가는 사람이 없는 풍경들
> 배제된 자는 하늘을 나는 새가 지겹다네
> 쫓겨난 자는 구름의 자유가 불안하다네
>
> 나는 날갯짓을 그만두고 땅에서 살기로 한 새들을
> 퇴화한 것들이라고 욕하지 않기로 했네
> ──「과잉 풍경」 부분(밑줄은 필자)

'죽은 노동'에 대한 은유로 읽을 수 있는 이 시의 인식은 시집 곳곳에서 산견된다. 「히말라야에서」 「무무소유」 「소를 끌고」 「겨울비」 「드론」 같은 시에서 발견할 수 있다. 흥미 있는 사실은 기존 시집과는 좀 다르게 가족사 또는 옛 기억의 편린들을 통해 '저 너머'를 사유하고 제시한다는 점이다. 가령 "겨울을 오래 붙들어두고 싶었"(「봄날에 꽃을 들고」)던 기억의 삽화들을 통해, "흙냄새가 사라진 풍경//저 너머가 사라졌다//지구는 다시 평면으로 정의된다"(「드론」)라는 특유의 인식을 강력히 환기하는 방식을 취한다. '저 너머'를 상상한다는 것은 결국 "풍경을 풍경으로 이해"했던 '할머니의 세계'로 전환한다는 것이다. 그리고 지금의 문명 바깥과 문자의 바깥을 염탐한다는 의미일 것이다. 이 점에서 백무산의 최근 시에서 인류학자 에두아르도 콘이 다른 자기들을 인식하는 능력을 상실한 근대 문명인들의 유아적 고립 상태를 설명하는 개념으로 제안한 '혼맹(魂盲, Soul Blindness)'에 대한 사유를 확인하게 되는 것은 흥미롭다. 어쩌면 혼맹 상태의 근대 문명인들은 자기 바깥을 좀처럼 염탐하지 못했기에 "눈 덮인 낮은 집" "저 너머"를 응시하는 「소를 끌고」 같은 시를 절대 이해하지 못할 것이다.

　나는 아직도 희미한 그 집에 가고 있다
　흙과 짐승과 나무가 주인인 집에

이랴이랴 소 한마리 끌고 돌아가는 중이다

—「소를 끌고」 부분

나는 집으로 돌아가려는(歸家) 백무산의 시적 시도가 '할머니의 세계'로 돌아감으로써 근본으로 돌아가고자 하는(歸根) 시도처럼 보인다. 그래서일까, 「몸의 명상」에 나오는 표현들이 예사롭지 않다. "식욕의 신전에 하루 서너번 머리 조아리"지만, 결국 "귀가를 종용하네 땅으로 땅에서 난 것으로/땅이 만들어낸 피와 살로 버무리네 온갖/ 부서지고 썩은 것들로 지은 집으로" 돌아가려는 '그라운딩'의 태도를 발견하게 된다. 그리고 그라운딩을 위해서는 우선 내 몸의 리듬을 바꾸는 '몸 바꾸기'의 과정이 필요한 것인지도 모르겠다.

오해 마시라. 그렇다고 백무산이 문명 바깥 '저 너머'로 돌아가기 위해 지금-여기의 당면한 과제들을 외면한다는 말은 절대 아니다. "하위 오 프로에는 드는 사람"(「오 프로」)으로서 시인은 추문이 되어버린 "민주화"(「겨울비」)의 현실, "민주주의는 질척질척하고 가진 자들은 야비하고/권력은 추악"(「사막의 소년 병사」)한 현실을 오롯이 정시(正視)한다. "밥과 집"(「무무소유」)의 문제와 "감사와 참회가 낡아빠진 문화라는 사실"(「히말라야에서」) 또한 헤아린다. "삶의 미궁 같은 싱크홀"(「리바이어던」) 같은 현실을 떠나서는 '저 너머'로 가는 길을 잃어버릴 수 있기 때문이다. '아마존 밀림'과 '회색의 밀림'을 병치하며 과연 무엇이 인간적인가 되묻는 작업을 멈추지 않는다(「누구였을까」). 여전히 버려지는 삶, 쓰레기가 되는 삶들을 응시하며(「그때가 좋았지」), 침통한 눈으로 "광장은 모두의 것이 아니다"(「광장이 사라졌다」)라는 지금-여기의 상황을 정면으로 직시한다.

그럼에도 백무산의 시는 비관적이지 않다. 인간에 대한 회의를 강력히 환기하고, 근대문명 이후 묵시록적인 상황을 말할 때조차 비관적이지 않다. 나는 그렇게 읽었다. 심지어 전에 없던 어떤 '활기'마저 감지된다. 일상 속 작은 '재난 유토피아'의 상황을 다룬 「재앙의 환대」라는 작품이 그렇다. "팔을 다쳐 깁스를 하고 오니 너나없이 반긴다/염려가 아니고 환대다"라는 시적 진술은 "망가진 뒤에야 간신히 새 잎이 열"린다는 백무산 특유의 인식에서 비롯하는 태도일 것이다. 이번 시집에서 '죽음'에 대한 시가 적지 않고, '재 앙'을 준비하는 시가 여럿 있는 이유를 알 수 있으리라. 백무 산은 '할머니의 세계'와 상통하는 이 시에서 "우리 모두 한 곳 재앙을 바라보면서 얻는 구원은/서로 손을 뻗어야 한다 는 것/아름다움을 향해 손을 내밀어야 한다는 것"이라고 덧 붙인다.

그리고 '자가수분'을 넘어 "풀을 헤엄쳐 너에게 가야만 한다/우리는 풀의 바다에 사는 물고기이므로"(「풀의 바다」) 라는 시적 인식에 도달한다. 이번 시집에서 자신을 해부 대 상으로 하는 일종의 '자기비평시'에 해당하는 작품이 많은 것 또한 "나에게 건너가는 길이 내 안에는 없다"(「나에게 이르는 길」)는 깨달음을 얻은 인식과 무관하지는 않을 것이다. 인간을 훈육하고 통치하는 기예로서 기능하는 지금-여기의 상투화된 의례를 넘어 새로운 내 안의 '리듬'을 형성하고자 하는 시인의 의지와 지향을 확인하는 것은 우리 시의 한 경지를 엿보는 설렘과도 같은 것이리라. 백무산의 시 쓰기는 앞으로도 '현재는 과거의 미래'라는 특유의 인식을 바탕으로 자신의 내면과 시대상을 침통한 눈으로 응시하는 '고백록'이 될 것 같다는 예감을 하게 된다.

高永直 | 문학평론가

　열번째 시집이다. 여전히 나는 첫 시집을 내던 그곳과 다름없는 공간에 머물러 있다. 나 자신이 하나의 관측소인 셈이다. 그때나 지금이나 내가 있는 곳은 변방이다. 거의 모든 것의 변방이다. 변방은 얼마간 야생의 공간이기도 하지만, 세상의 찌꺼기가 훨씬 더 많이 모여드는 곳이다. 그래서 시가 나에게 찾아온 것은 우연이 아니라는 생각이 든다. 억압된 현실을 마주해서 찌꺼기들을 재료로 무슨 연금술이라도 부려야만 했기 때문이었다. 하지만 그것은 빛나는 무엇이 아니라, 금을 똥으로 만드는 뒤집힌 연금술이기도 했다.

　그제는 오래간만에 지금은 사라지고 없는 마을에 가보았다. 공단에 둘러싸인 바닷가다. 볕에 그을린 젊은 노동자 하나가 화물선에서 막 내려서고 있었다. 봄볕 가득한 바다에는 외항선 몇척이 떠 있었다.

2020년 3월

백무산

창비시선 442

이렇게 한심한 시절의 아침에

초판 1쇄 발행／2020년 3월 27일
초판 4쇄 발행／2024년 7월 24일

지은이／백무산
펴낸이／염종선
책임편집／최현우·박문수
조판／한향림
펴낸곳／(주)창비
등록／1986년 8월 5일 제85호
주소／10881 경기도 파주시 회동길 184
전화／031-955-3333
팩시밀리／영업 031-955-3399 편집 031-955-3400
홈페이지／www.changbi.com
전자우편／lit@changbi.com

ⓒ 백무산 2020
ISBN 978-89-364-2442-8 03810